# LA NOVVELLE PARIS,

## OV

### L'HEVREVX CHANGEMENT

#### DE SES MAVX PAR LE RETOVR

## DE SON ROY.

### A PARIS,

Chez Iean Henavlt, au Palais, en la Salle Dauphine, à l'Ange Gardien.

---

M. DC. XLIX.

*AVEC PERMISSION.*

# LA
# NOVVELLE PARIS
## OV
## L'HEVREVX CHANGEMENT
### DE SES MAVX PAR LE RETOVR
#### DE SON ROY.

## ODE.

CE ne font point de doux menfonges
Dont Morphée a rauy nos fens :
Non, ces tranfports fi rauiffans
Ne font point l'effet de fes fonges.
Le Ciel a fermé les canaux
Qui verfoyent fur nous à grands flots
L'abfynthe amer de fa Iuftice :
Et touché de nos longs foûpirs,
Nous ouure le vaiffeau propice
D'où tire fa Bonté nos biens & nos plaifirs.

A

La Sœur du Dieu de la lumiere,
Depuis la fin de nos ennuis,
En dissipant l'horreur des nuits,
A couru toute sa carriere :
Et pendant ces premiers beaux-jours,
Où nostre Astre redonne cours
A ses plus belles influences,
Nous n'auons veu que jeux, que ris,
Que festins & magnificences
Dedans le large sein de l'Illustre Paris.

Oüy Muse, il te faut enfin croire
Que nos malheurs sont arrestez,
Et que mille felicitez
Nous vont combler d'heur & de gloire.
Donc par vn doux rauissement
Dessus le ton le plus charmant
Remonte ta diuine Lyre :
Et la mariant à ta voix,
Chante ce que ie vais décrire
En l'honneur de la France & de ses bõs François.

Ioye

❊❈❊

Toy qui vis du sang des couleuvres
Qui couurent ton test décharné,
Squelette hydeux & bazané,
Dont les diuorces sont les œuures :
Fille de l'escume d'Enfer,
Artisanne des temps de fer,
Vilaine furie aux yeux louches,
Discorde, monstre iniurieux,
Et Megere des plus farouches,
Sors & fuy promptemẽt de ces aymables lieux.

❊❈❊

Fuyez aussi lâche cabale
De tant d'écriuains médisans,
Qui vous fistes des Partisans
De cette Erynne si fatale :
Ames de bouë & d'excrement
Qu'vn teston portoit aysement
A fauoriser la Discorde,
Sortez sur l'heure de Paris,
Ou le feu, la roüe & la corde
De vos sales forfaits feront le digne prix.

Entrez venimeuſes viperes
Dedans le centre tenebreux
Où regnent les monſtres affreux,
Dont les plus méchans ſont vos Peres:
Allez y vomir le poiſon.
Dont vous infectiez la raiſon
Des ames ſimples & credules;
Allez, dis-je, infames boufons
Porter vos contes ridicules
Au funeſte ſabat des plus hideux Demons.

Vous auez trop de cette Ville
Fait vn Theatre à vos fureurs;
Elle eſt exempte des terreurs
Que cauſe vne guerre Ciuille.
Lovis, qui doit tout vaincre vn iour
Vous chaſſe de ce beau ſejour
Auecque cét Hydre effroyable:
Et ce ieune Hercule des Lys
Dans vn repos inalterable
Fait voir par ſon retour nos maux enſeuelis.

Oüy ! ce Monarque plein de charmes,
Selon nos vœux est reuenu,
Nous l'auons deux fois obtenu
Par nos soûpirs, & par nos larmes.
Oüy ! ce doux & puissant Vainqueur,
Porte l'effroy dedans le cœur
Des factieux & des rebelles :
Et rendant de ses bons subjects
Les felicités eternelles
Plante ses Oliuiers sur nos sombres Cyprés.

Sus donc encor, troupe funeste,
Laissez en liberté nos yeux,
Voir cet Enfant si glorieux,
Dont la grace est toute celeste :
Laissés-nous de vœux le benir,
De ce qu'il a daigné venir
Calmer parmy nous la tempeste ;
Et de nos plus aymables fleurs,
A l'enuy couronner sa teste,
Laissant d'aise couler vn deluge de pleurs.

Mais c'eſt trop peu pour ſatisfaire
Au cher tranſport de nos deſirs,
Il voudroit de ces beaux Saphirs
Que prend l'Aurore pour nous plaire,
Ou plûtôt de ces diamans,
Dont la nuict rend ſes ornemens
Si pleins d'eclat & de lumiere,
Et des feux que le grand Flambeau,
Darde de ſa noble paupiere,
Luy former ſur le front vn auguſte bandeau.

Que de biens apres nos miſeres
Viennent occuper tous nos ſens,
Et que des plaiſirs ſi puiſſans
Nous promettent de iours proſperes!
Que de cœurs d'aiſe épanoüys,
S'offrent librement à Lovis
Dans ces publiques allegreſſes;
Et que ces amoureux reſpects,
Dont nous temperons nos careſſes,
Seruent d'vn doux encens à ce Roy de la Paix!

C'eſt

C'eſt le titre que ie luy donne,
Puis qu'vn Oracle m'a promis
Que de cette Sœur de Themis,
Il doit receuoir ſa Couronne :
Et comme vn autre Salomon,
Ayant ſubjugué le Demon
Qui ſoufle le feu de la guerre :
Luy dreſſer vn Temple fameux
De tout ce que le Monde enſerre,
Propre à rédre vn Palais magnifique & pōpeux.

Alors nous ſerons dans cet Age
Innocent & delicieux,
Où l'éclatant lambris des Cieux
Montroit ſes beautez ſans nüage :
Où la terre n'auoit pour fard
Que les fleurs, qui ſans aucun art
Emailloient ſa belle verdure :
Où le laiɛt couloit au lieu d'eau,
Où la Vertu ſe trouuoit pure,
Et le plaiſir licite eſtoit toûjours nouüeau.

Mesme le nostre plus loüable
Sera poly par les neuf Sœurs,
De qui les sçauantes faueurs
Rendent l'homme tant estimable,
Cét immortel & sainct troupeau
Prenant nostre Prince si beau
Pour son Apollon & son frere:
S'en viendra choisir son sejour,
Où ce ieune Soleil éclaire,
Auecque les Vertus, les Graces & l'Amour.

Cette venerable Deésse
Qui soûtient l'honneur d'vn Estat,
Et fait regner le Potentat
Qui la cherit & la caresse:
La Religion dont la Croix,
Les Liures, & les Sainctes Loix
Veulent vn souuerain hommage:
Y brillera plus que iamais,
Et mon Roy n'aura de courage
Que pour mettre à ses pieds ses ennemis défais

La triste Grece qui soûpire
Deſſous l'infidele Croiſſant,
Verra ce Monarque puiſſant
Ruïner ſon fatal Empire;
Et ſon zele victorieux
Abatant les prophanes lieux
Du Serrail & de la Moſquée,
Y dreſſer des Temples ſacrez
Où la Foy ſans eſtre attaquée,
Verra ſes Saincts Autels à iamais reuerez.

En fin cette aueugle inconſtante
Qui fait de precieux lambeaux
Des Eſtats qui ſont les plus beaux
Pour paroiſtre plus éclatante,
La fortune de qui l'orgueil
Se plaiſt à former vn cercüeil
A celuy qu'elle fauoriſe,
Voyant cét aymable vainqueur,
En deuiendra ſi fort épriſe
Qu'elle ſera conſtante à fonder ſon bon-heur,

Ainſi nos belles deſtinées
Auront des biens & des appas
Que nos Peres ne gouſtoiét pas
En ces anciennes années;
Et dedans cét Age parfait
Nous pourons par vn doux effet
Voir la felicité future
Où feront placés les Eleus,
Lors que l'Autheur de la Nature
La viédra mettre au poinct qui ne châgera plus

C'eſt de ce Siecle de delices
Qu'vn Art celebre & tout parfait
Sembla nous donner le pourtraict
Qui luy fert d'augures propices:
Quand pour plaire aux yeux de L o v y s,
Dont tant de François réjoüis,
Celebroient la naiſſance auguſte:
Sous des Emblémes curieux,
Il depeignoit de ce Roy Iuſte
La doúceur de ſő regne & ſes faits glorieux,

Dieu

Le feu d'artifice ioüé en la preſence du Roy deuant l'Hoſtel de Ville, en memoire du iour de ſa naiſſance.

✣

Dieu qui des Lis cherit la terre,
Voulut faire auſſi l'auant-jeu
Des grands effets de ce beau feu
Par ſon myſteri eux Tonnerre:
Marquant en ces vaſtes élairs
Dont il chaſſoit la nuict des airs
La grandeur de nos feux de joye :
Comme par vn deluge d'eaux,
Les gayes pleurs où chacun noye
En faueur de Lovis, le chagrin de ſes maux.

Il tonna<br>& pleut la<br>nuict du<br>Samedy<br>au Di-<br>manche,<br>qui eſtoit<br>le iour du<br>feu.

✣

Belle Nymphe, qui toûjours veilles
A dépecher tes meſſagers
Chez tous les peuples étrangers,
Fay leur part de tant de merueilles :
Vole toy-meſme, & de ces bords
D'où le Iour reçoit ſes treſors,
Iuſqu'aux flots qui ſemblent l'eteindre:
Annonce nos contentemens,
Et ſans rien deguiſer ny feindre,
Dis de la verité tes ſimples ſentimens.

D

Tu verras à cette nouuelle
Nos amis d'aife tranfportez,
Et nos ennemis agitez
D'vne crainte & frayeur mortelle:
Sur tous, ces monftres Affricains,
Les Efpagnols deuenus vains
De nos quereles domeftiques,
Creuer de rage & depit,
Voyans par ce coup leurs pratiques
Et leur efpoir fatal fe terminer fans fruit.

Que dis-je, tu verras encores
L'effroy fe faifir de leurs cœurs,
Comme fi déja nos vainqueurs
Sacrifioyent leurs troupes Mores:
Et que Lovis entrant chez-eux,
Suiuy dans vn Char lumineux
Du Dieu Mars & de la Victoire,
S'allaft deffus leur Trône affeoir,
Et tout rayonnant de fa gloire
Leur y fift reffentir fon abfolu pouuoir

❁

Mais quoy! par vn heureux presage
Du calme que nous reuoyons,
Tous nos Princes comme Alcions
Estans venus calmer l'Orage:
D'Harcour, ce foudre belliqueux,
N'auoit-il pas d'vn bras nerueux
Versé leur sang sur la Moselle?
Et depuis, du Grand la Ferté
Boüillant d'vn inuincible zele,
N'ont-ils pas éprouué la vaillante fierté?

❁

Oüy, ces chers Heros de la France,
Leur ont fait sentir les effets
De nostre bien-heureuse Paix,
Mesme encor dans nostre esperance:
Et maintenant que parmy nous
Elle produit ses fruits plus doux
D'vnion, d'amour & de joye,
Nos plus glorieux Combatans
Vont en lyons faire leur proye
De tous ces tenebreux & funestes Titans.

Mais c'eſt trop, belle Nymphe ailée,
T'inſtruire de ce que tu ſçais,
Puis que de tous les faits paſſez
La verité t'eſt deuoilée.
Va doncques ; mais oblige moy
De ne rien dire de mon Roy,
Que de merueilleux & d'illuſtre :
Et de compter ſes actions,
Dont brille ſon troiſiefme Luſtre,
Pour autant de vertus & de perfections.


## F I N.

www.ingramcontent.com/pod-product-compliance
Lightning Source LLC
LaVergne TN
LVHW021804030726
842523LV00003B/1211